LA VIE
DU MARIN

POËME

PAR

G. DE LA LANDELLE

PRIX: 1 FRANC

PARIS
VICTOR LECOU, ÉDITEUR
LIBRAIRE DE LA SOCIÉTÉ DES GENS DE LETTRES
10 — rue du Bouloi — 10

1855

LA VIE DU MARIN

PARIS. — IMP. SIMON RAÇON ET Cᵉ, RUE D'ERFURTH, 1.

LA VIE DU MARIN

SYMPHONIE DRAMATIQUE

DÉDIÉE

AU PEINTRE DE LA MER — THÉODORE GUDIN

PAR LES AUTEURS

ALEXANDRE MALIBRAN, ÉLÈVE DE SPOHR

et

GABRIEL DE LA LANDELLE, ANCIEN OFFICIER DE LA MARINE

POËME

PAR

G. DE LA LANDELLE

PARIS

VICTOR LECOU

LIBRAIRE-ÉDITEUR DE LA SOCIÉTÉ DES GENS DE LETTRES

RUE DU BOULOI, 10

1853

Au Peintre du soleil, des brises et des flammes,
Du calme transparent, du ciel sombre ou serein,
Des flots tumultueux, des voiles et des rames;

Au Peintre de la Mer, THÉODORE GUDIN
Maître, dont le savant pinceau dompte les gammes
Des tons les plus rétifs, et, comme sur l'airain,
Sait, en traits éclatants, graver aux flancs des lames
Les lumineux combats du soir et du matin;

A l'Artiste pieux qui, sur l'onde dorée
Par mille feux ardents, — les jouets de Borée, —
Chante avec la couleur un poëme divin;

Au Peintre de la Mer, THÉODORE GUDIN,
Ce Tableau de la vie ardemment colorée
Du matelot corsaire et du peuple marin.

Musique et Poésie ont, comme la Peinture,
Pour unique modèle, — OEuvre du Créateur, —
Le sublime infini qu'on nomme la Nature,
Poëme, Hymne et Tableau ruisselant de splendeur.

NOUS qui t'offrons nos vers et notre symphonie,
MAITRE, nous avons eu pour guide ton génie,
Qui de l'OEuvre de Dieu reproduit l'harmonie.

A. MALIBRAN.   G. DE LA LANDELLE.

— 14 octobre 1855. —

1

LA VIE DU MARIN

PREMIER ACTE

PREMIÈRE PARTIE

LE DÉPART

Le vieil Océan dans son vaste lit
Doucement s'éveille; il finit son rêve,
Soupire, se tord et monte à la grève;
Du côté de l'est l'horizon pâlit.
Avec le soleil, la brise se lève
Et de bruits confus la mer se remplit.

« Brise du matin, sois-nous favorable
Lorsque nous aurons viré notre câble,
Déhalé du fond notre ancre de fer,
Et, voiles au vent, mis le cap en mer ! »

Les feux de la Saint-Jean sont éteints sur la plage :
« Adieu, plaisirs de terre !... Adieu, ma nuit d'amour !
Quatre heures vont sonner au clocher du village,
Et notre capitaine attend notre retour.
Adieu, gens du pays ! — Adieu, brave équipage !
— En route, matelots ! A bord ! voici le jour !

—Anna, ma blonde Anna !... — Jeanne, ma chère Jeanne !
— Au diable les jupons ! ne restons point en panne !
A bas les amoureux et l'amour ! C'est coulé !
Chantons notre refrain : *Salé ! le lard salé !...* »

Le carillon sonne à toute volée.
Anna fond en pleurs : Jeanne est désolée ;
Mais le loup de mer, d'un ton goguenard,
Rit en fredonnant : « La mer est salée,
Salés les harengs, le bœuf et le lard !
— Matelots ! buvons le coup du départ !

Halte au cabaret !... » Et l'air de la ronde
Qu'on dansait autour des feux de Saint-Jean,
Se mêle aussitôt aux refrains que gronde
Notre vieux requin, maître Barbejean !

« Hélez-moi les absents et les retardataires ! »
Dit-il ; et tour à tour les matelots corsaires
Appellent les amis : « A bord ! rallie à bord !...
— Pour la dernière fois, garçons, choquons nos verres !
— Ohé ! là-bas ! courez !... Les traînards auront tort !
— En route, tout de bon, en route pour le port !... »

Les voici sur le pont de leur vaillant navire.
Autour du cabestan avec ardeur on vire,
La toile est déjà largue : « Haut les voiles ! » Gaîment
L'on exécutera chaque commandement.

Gaîment le marin s'éloigne de terre :
Danger et travail, voilà son affaire.
Dans l'insouciance il met le bonheur;
Mais le plus hardi, pour sa vieille mère,
Conserve un touchant souci dans le cœur :
« En mer, s'il allait m'arriver malheur !

Pour elle, mon Dieu ! quel chagrin pour elle !
Je veux bien périr, s'il le faut, là-bas;
Mais qu'elle jamais n'en ait la nouvelle,
Dorme bien tranquille et ne pleure pas !... »

CHANT DE MANŒUVRE.

UNE VOIX.

Ah ! pour la France,

TOUS.

Cheerly, men !

UNE VOIX.

Avec vaillance,
Ah ! houra !

TOUS.

Cheerly, men !

UNE VOIX.

Toujours nous naviguerons
Et nous combattrons !

TOUS.

Ah ! la houra !

UNE VOIX.

Ah !

———

UNE VOIX.

Belle chérie,

TOUS.

Cheerly, men !

UNE VOIX.

Notre patrie,
Ah ! houra !

TOUS.

Cheerly, men !

UNE VOIX.

Pour toi, lorsque nous mourrons,
Contents nous serons !

TOUS.

Ah ! la houra !

UNE VOIX.

Ah !

———

TOUS.

Vive la France !
Cheerly, men !
Notre espérance !

Ah ! houra !
Cheerly, men !
Elle a nos bras et nos cœurs,
Gloire à ses couleurs !
Ah ! la houra !
Ah !

———

DEUX VOIX.

Notre ancre est haute !

TOUS.

Cheerly, men !

DEUX VOIX.

Adieu la côte !
Ah ! houra !

TOUS.

Cheerly, men !

DEUX VOIX.

Au revoir, femmes, enfants,
Pays et parents !

TOUS.

Ah ! la houra !

DEUX VOIX.

Ah !

———

DEUX VOIX.

Adieu, vous tous!...

TOUS.

Cheerly, men!

DEUX VOIX.

Ah!

TOUS.

Cheerly, men!

DEUX VOIX.

Dieu!
Adieu!...
France!...
Ad...!...

DEUXIÈME ACTE

DEUXIÈME PARTIE.

EN PLEINE MER.

C'est l'heure où Phébé la blonde
    Dans l'onde
Mire ses pâles beautés,
Son front dégagé de voiles,
Ses sourires argentés,
Son diadème d'étoiles
Et son grand manteau d'azur
    Si pur, —
Manteau divin que déroule
Sur les côtes et la houle,
Aux quatre points cardinaux,
La fraîche brise des eaux.

Notre corsaire intrépide,
    Rapide
Comme l'aigle dans les airs,

Du tranchant de son étrave
Fend la surface des mers.
— Mais quel est ce chant suave
Qui frémit à notre bord,
        D'accord
Avec le joyeux murmure
Des mâts sous notre voilure
Et des flots étincelants
Qui ruissellent sous nos flancs?

— Ce chant, c'est un doux mensonge :
        Le songe
Que fait le marin de quart.
Cœur naïf, plein de tendresse,
Celui-ci rêve à l'écart
Aux charmes de sa maîtresse;
Mais cet autre, au même instant,
        Entend
Des veneurs le tintamarre,
Le son du cor, la fanfare
Qui poursuit au fond des bois
Le pauvre cerf aux abois.

« Taïaut ! taïaut !... » La tempête
        S'apprête !...
Ce cerf agile, qui fuit
Hors d'haleine dans la plaine,
Ce sera toi cette nuit.
Pour chasser notre carène
Le vent s'est fait grand veneur.

« Du cœur !
Du cœur, matelots, alerte !
Que notre ardeur déconcerte
Sa rage !... Allons-y gaîment !...
Bas le grand foc !... vivement !... »

Maître Barbejean s'agite :
          « Bien vite,
Commande-t-il, qu'à la fois
En pantenne l'on amène
Perroquets et catacois !
Arrivons sous la misaine !
Aux huniers, que le bas ris
          Soit pris !
Serrez-moi la brigantine
Morbleu ! les hale-bouline,
Mieux que ça ! feu de l'enfer !
Ou je vous jette à la mer !... »

Malgré tous les jurons du maître d'équipage,
Malgré le commandant, ses menaces, ses cris,
Quelques jeunes garçons, novices et conscrits,
          Perdent confiance et courage.

Certe ! ils ne craindraient point les coups des ennemis,
Ils sauraient bravement sauter à l'abordage ;
Mais contre le courroux des flots, mal aguerris,
          Ils ont peur de faire naufrage.

La mer grossit toujours ; les pauvres apprentis

Se jettent à genoux, et, délaissant l'ouvrage,
Entonnent à l'avant le cantique d'usage
     Parmi les pêcheurs du pays..

Écoutez!... c'est l'écho lointain de leur village,
     C'est le chant du pèlerinage.
     Du temps qu'ils étaient tout petits,
     Leurs mères le leur ont appris...

Écoutez!... D'autres voix chantent sur le rivage :
     « Notre Dame de Bon-Voyage,
     Sainte Reine du Paradis,
     Sur mer daignez garder nos fils !... »

Ce n'est jamais en vain qu'une mère t'implore.
Vierge, mère de Dieu, patronne du marin!
Déjà le vent s'apaise, et sous un ciel serein
Leurs fils navigueront quand renaîtra l'aurore.

TROISIÈME PARTIE

APRÈS LE DANGER.

———

Anciens et conscrits,
Corsaires hardis,
Mousses et novices,
Marins endurcis,
Tous, avec délices,
Bruyamment riront
De leur aventure,
Se réjouiront
Et rétabliront
La haute voilure.

« Prenez du bon temps
Après tant de peine,
Dit le capitaine,
Et soyez contents !
Afin qu'on s'amuse
A discrétion,
Triple ration
De vin de cambuse !... »

— Bravo ! Le grand bal
Et le bacchanal
D'amont et d'aval

Aussitôt commence :
— Ah ! nom d'un fanal !
Faisons carnaval,
Sautons en cadence
Et vive la France ! »

Mais un vieux brûlard
Sur notre gaillard
Crie : « A bas la danse !...
Matelots, silence !
Chantons la romance
De Pierre-Jean Bart
Et Benjamin Bart,
Neveux de Jean Bart !... »

A bord du navire,
C'est fini de rire
Et de plaisanter
Quand vient cette histoire
De mort et de gloire
Qui fait palpiter.

Chacun, à cette heure,
De tous ses yeux pleure.
Drôle de plaisir
Pour se divertir !

Quand vient cette histoire
De sang et de gloire,
Chaque matelot

Comprime un sanglot,
Et comme une femme
Tressaille dans l'âme.

Mais, mon doux Jésus !
Nous trouvons des charmes
A ne pouvoir plus
Retenir nos larmes
Quand, sur le gaillard,
Revient votre histoire
De deuil et de gloire,
Capitaine Bart
Et lieutenant Bart !...

Avec enthousiasme, on chante ou l'on écoute,
Toutes voiles dehors, nous filons droit en route.

CHANT DE MANŒUVRE ET CANTIQUE.

BARBEJEAN.

A la manœuvre, garçons !...

LES MATELOTS, en travaillant.

Le diable en l'air se démène.

BARBEJEAN.

Vivement contre-brassons !

LES MATELOTS.

Hale-bas ! amène !...

BARBEJEAN.

En double manions-nous !

LES MATELOTS.

Si le diable fait la noce...

BARBEJEAN.

Travaillez et taisez-vous !

LES MATELOTS.

Faut pas qu'il nous brosse !...

ENSEMBLE les deux couplets suivants.

BARBEJEAN ET LES MATELOTS.

(Les basses.)

Ça chauffe dur ! matelots !
Hâlons ferme au vent la toile !
On est trempé jusqu'aux os.
    Serrons la grand'voile !
Nous ne manquons pas de bras,
De courage ni d'haleine ;
Mais, si nous sauvons nos mâts,
    Ce n'est pas sans peine !

LES NOVICES ET CONSCRITS.

(Les soprani.)

Vierge sainte, exaucez-nous,
Notre espoir est tout en vous.
Chère Dame de la Garde,
Très-digne mère de Dieu,
Soyez notre sauvegarde
Pour nous défendre en tout lieu.

ENSEMBLE les deux couplets suivants

LES MATELOTS.

(Toutes les basses.)

Grâce à Dieu le vent faiblit,
Enfin nous y voyons goutte !
Et la brise qui mollit
   Nous remet en route !
En haut, les gentils gabiers !
Que chacun largue sa voile !
Rétablissons les huniers !
   Faisons de la toile !

LES NOVICES ET CONSCRITS.

(Tous les soprani et tous les ténors.)

Soutenez de votre bras
Et nos vergues et nos mâts;
Fortifiez le cordage,
Les étais et les haubans;
Augmentez notre courage
Dans ces pénibles instants.

ENSEMBLE GÉNÉRAL.

Chère Dame de la Garde !
Béni soit votre secours;
Soyez notre sauvegarde
Et protégez-nous toujours !

LES NEVEUX DE JEAN BART.

COMPLAINTE HISTORIQUE.

DÉCLAMATION.

Écoutez tous, chrétiens, marins français, flamands,
Le triste et glorieux récit de nos tourments.

La Danaé courait son bord longeant la terre :
« Ouvrons l'œil, gens de quart!… Ouvre l'œil au bossoir!… »
Messieurs Bart père et fils, de Dunkerque, le soir
Avaient appareillé leur frégate légère,
Chargée en marchandise et mal armée en guerre.

CHANT.

Écoutez, ô chrétiens,
Marins français, flamands,
Tous nos tourments !
En mer le vingt-sept mars
Mil sept cent cinquant'neuf,
Au point du jour, on signale
Au vent à nous deux frégates.
Aussitôt Pierre-Jean Bart
Monte sur son banc de quart.

DÉCLAMATION.

« Benjamin Bart, mon fils et lieutenant, écoute !
Nous avons pour aïeux les Jacobsen, Jean Bart,

Michel, les deux Cornil... Je suis fils de Gaspard...
Que ferons-nous? — Mon père et commandant, en route! »

CHANT.

  « Hissez le pavillon!
  Gouvernons droit sur eux!
   Les ennemis
  Vont nous voir, mes garçons,
  De près, et bord à bord. »
  Par trois terribles volées
  A commencé la bataille;
  Nous faisons feu des deux bords,
  De tribord et de bâbord.

DÉCLAMATION.

Avec la Danaé, frégate armée en flûte,
N'était-ce point assez d'égaliser la lutte
Contre deux, — et chacun bien plus fort qu'elle?...— Mais
Tout à coup, droit devant, se dresse un autre anglais.

CHANT.

  « Trois anglais sont sur nous!
  Seraient-ils cent de plus,
   Bons matelots,
  Le neveu de Jean Bart
  N'amènera jamais!... »
  Pendant qu'il parlait de même,
  Un boulet de gros calibre
  Blesse à mort le commandant :
  « Appelez mon lieutenant!... »

DÉCLAMATION.

« Mon enfant!... Elle fut, tour à tour, cette épée,
A Jacobsen, à Jean. à Cornil, — puis à moi!...
Je meurs!... Et maintenant songe qu'elle est à toi!... »
L'attente du héros ne sera pas trompée.

CHANT.

Son fils, notre lieut'nant,
Prend le commandement
 Du bâtiment,
De Jean Bart t'nant l'épée
En main pour commander;
Mais, après plus de six heures,
Après plus de cent bordées,
Elle tomba de la main
Du cher monsieur Benjamin.

DÉCLAMATION.

La Danaé n'est plus qu'un ponton sans défense;
Tous ses braves sont morts ou mourants pour la France.
Près du corps de son père, — au pied du banc de quart,
Leur poste de combat, — le jeune capitaine
Se meurt en murmurant le grand nom de Jean Bart,
Et, les larmes aux yeux, permet que l'on amène.

CHANT.

« Voici ma volonté,
Mes amis : sur nos corps
 Vous roulerez

Le pavillon français
En place de linceul.
Je vais revoir mon cher père !
Tout le deuil est pour ma mère !
Vous lui direz nos adieux !
Pour nos âmes priez Dieu !

DÉCLAMATION.

Voilà comment sont morts,—bénissons leur mémoire,—
Les neveux de Jean Bart, messieurs Bart père et fils.
Matelots ! Dieu les ait en son saint paradis !
Voilà, mes amis,
Voilà leur histoire
De deuil et de gloire'...

TROISIÈME ACTE.

QUATRIÈME PARTIE

LE RETOUR.

I

Comme s'émeut le cœur d'une vierge timide
Qui tremble en accordant un baiser fraternel,
Aux approches d'un vent léger l'onde se ride ;
Comme l'enfant qui dort sur le sein maternel,
Le ciel sourit aux flots sous un soleil splendide ;
Tableau tout à la fois doux, pur et solennel.

La pipe entre les dents, le chapeau sur l'oreille,
Voyez les gens de mer courir à leur travail :
« A l'ouvrage gaîment ! Montez le gouvernail !
Bordez les avirons ! » Leur entrain fait merveille.

Cantilènes d'amour, d'harmonieux accents
Retentissent au large, et les flots caressants

Chantent avec la brise en baisant le rivage.
Chaloupes de pêcheurs, barques de cabotage.
Yoles, grands canots, batelets de passage,
Pavillons déployés, glissent dans tous les sens.

Les femmes du canton sont déjà sur la pointe :
« Cette voile là-bas, est-ce le bâtiment
Qui porte mon mari, mon frère, mon amant ?...
Guetteur ! à l'horizon ne vois-tu rien qui pointe ?...

—Pour mon pauvre petit Yvon, j'ai fait un vœu
Voici trois ans passés qu'il voulut partir mousse :
— Mère, me disait-il alors de sa voix douce,
Vous êtes pauvre, vous, me voici grand. . Adieu !
Je m'en vais sur la mer à la garde de Dieu,
Mon parrain Barbejean, le vieux maître, m'y pousse.

Mes frères et mes sœurs vous restent ! C'est pour eux,
C'est pour vous que je pars ; mère, je suis heureux.
— Sainte Anne, rendez-moi mon fils ! Vierge Marie,
Abandonnerez-vous une mère qui prie ?... »

« Terre ! terre !... c'est le pays !
Terre ! terre !... terre de France !
Nous allons revoir les amis,
Après trois ans passés d'absence !

Que de farces!... quelle bombance!
Et quel tremblement, mes petits!

— Anna sera-t-elle fidèle?
— Jeanne m'attend-elle toujours?
— Ne nous rompez plus la cervelle,
Après trois ans, de vos amours...
Je suis bien sûr, moi, que ma belle
Ne me regretta pas huit jours.

Penser autrement, c'est sottise!
Mais, raisonnons de sens rassis :
Quand nous aurons nos parts de prise,
Qu'en faisons-nous? — Moi, je me grise!
— Moi, je m'achète des habits
D'or et d'argent, comme un marquis;

Au théâtre, j'aurai dix loges
Toutes pleines de matelots;
Et j'y fais chanter nos éloges
Avec carillon de grelots.
— Moi, j'achèterai trois horloges,
Vingt montres et douze chevaux!

— Moi, pour me reposer les os,
Je veux avoir, entr'autres choses,
Un hamac de feuilles de roses,
D'œillets et de coquelicots.
— Eh quoi! mon vieux, tu te proposes
De dormir!... fi donc!... du repos!...

Moi, j'aurai musique et carrosse
Pour tout un régiment d'amis…
— Moi, plus tranquillement, mes fils,
Chez mon hôtesse, bitte et bosse !
Sans déraper je fais la noce !…
— Moi, j'achèterai tout Paris !… »

Le principal, c'est le vacarme.
Sans bruit comment se réjouir ?
Dans la ville jeter l'alarme ;
Contre la garde et le gendarme
Batailler… voilà le plaisir !…
Ne faut-il pas se dégourdir ?

Ainsi le matelot corsaire,
Après ses campagnes de guerre,
Par de tumultueux ébats
Se délasse de ses combats,
De ses travaux, de sa misère.
Toujours et partout, branle-bas !

Ses plaisirs rappellent encore
Les aventures qu'il adore,
Et ses jeux, le combat naval.
Son chant est le chant martial
Qu'il entonne quand on arbore
De la bataille le signal…

Cependant, à l'aspect de la terre chérie
Qu'au large ils invoquaient, — en leur sainte furie
Contre les ennemis, — quand grondait le canon,
Tous, le vieux Barbejean, comme le jeune Yvon,
Religieusement ont murmuré le nom
Du Dieu qui leur permet de revoir la patrie!...

Mais ils ont jeté l'ancre... « O transports de bonheur!
Je vais enfin presser ma mère sur mon cœur! »

II

Faut-il vous raconter nos trois ans de campagne?
Nos quatre grands combats sur les côtes d'Espagne.
Nos courses au Brésil, nos coups de main divers
Dans les deux océans, nos succès, nos revers?...

Sous un fort ennemi, par un temps à naufrage,
Un soir nous échouons à cent pas du rivage.
Nous laissions tous, nos os, sur ce bas-fonds maudit,
Quand un vaisseau français survint, nous défendit.
Et nous voilà parés!... Parfois de riches prises,
Malgré tous nos efforts, nous ont été reprises ;

Mais, d'un autre côté... Bref, chaque matelot
Recevra pour sa part un magnifique lot.

Notre ami Barbejean veut avec son décompte
Se bâtir un château; ceci n'est pas un conte.

Or, à propos de conte, il en est un à bord,
Qui, sur le passavant, la nuit, quand le vent dort,
Fait de nos gens de quart les suprêmes délices.
Il s'agit d'un enfer naval où des supplices
Horriblement cruels frappent les fils ingrats.
D'après nous, il n'est point de plus grands scélérats.
En riant, le conteur immole à nos colères
Fournisseurs, cambusiers, armateurs, commissaires,
Mais, tout à coup voici la grande inimitié!
Au-dessous des larrons indignes de pitié,
Il placera le fils sans respect pour son père,
Le fils qui ne sait pas se priver pour sa mère.
Et qui peut oublier, en un jour de festin,
Le premier des devoirs d'un honnête marin.

La part des vieux parents est une part sacrée.
Dans la bourse de cuir qu'elle soit amarrée
Par un nœud filial que le cœur défera,
Mais qu'un profane amour jamais ne touchera!

Ses pauvres vieux parents, il les connaît à peine;
Mais au retour : « Ma mère, un bon vent me ramène,
Votre sein m'a nourri, je vous offre à mon tour
La sueur de mon front, mère, mon doux amour;

Tenez !...

    — Viens sur mon cœur, viens donc que je t'embrasse.
Tu nous avais quittés sans un poil sur la face,
Encor faible et petit, blondin, un peu pâlot ;
Te voici brun et fort !... — Dam ! je suis matelot !
— J'ai beau te voir, mon fils, je ne puis pas m'en croire ;
Mais que tu parais bon malgré ta barbe noire !...
Parmi tes durs marins nous te pensions perdu !
— C'est eux qui m'ont appris tout ce qui vous est dû ! »

Haine donc et tourments à qui perd dans l'orgie
Le souvenir de ceux dont il reçut la vie,
Et, pour se régaler au port un jour de plus,
Ose couper le nœud du petit sac d'écus !

Loup de mer au-dessus de vulgaires bamboches,
Maître Yves Barbejean, les deux mains dans les poches,
Prend le chemin du bourg pour choisir le coteau
Sur lequel il fera construire son château.

Chargé d'or et fumant sa bouffarde fidèle,
Il ruminait son plan, lorsque de la chapelle,
Des parents de marins sortent en louant Dieu,
Après s'être, chacun, acquitté de son vœu.
Le vieux parrain d'Yvon soudain change d'idée :
« Plus de château ! dit-il. Feu du ciel en bordée !
Comme vous aujourd'hui, je fais mon *ex-voto*.
A l'appel, les moutons !... Ralliez au loto !...

Avais-je passé juif? — Tonnerre de tonnerre!
Barbejean se planter une baraque à terre...
Il fera mieux que ça de ses cent mille francs!
Depuis vingt ans passés, s'il n'a plus de parents,
Ses frères, ses enfants seront nos invalides!
Je promets, dès ce soir, d'avoir les poches vides;
J'en serai plus léger cent mille fois au bal.
Pour d'anciens matelots je donne à l'hôpital
L'argent des ennemis, toutes mes parts de prise.
Ce plan-là, j'en suis sûr, n'est plus une sottise;
Devenu vieux ponton, — qui sait? — je lui devrai
Peut-être bien un jour le lit où je mourrai!...

Pour des cœurs de caillou, mes fils, la mer jolie
De ses flots généreux n'a pas été remplie :
— En avant les chansons!... Gai! gai! les cachalots!
Vivent la mer jolie et les vrais matelots!... »

CHANT DE MANŒUVRE.

C'est l'capitain' du Mexico...
 Ah! ah! ah! cheerly, men!
Un brutal premier numéro,
 Ah! ah! ah! cheerly, men!
Qui donn' la goutte à ses mat'lots,
 Ah! ah! ah! cheerly, men!
A coups d' barres d'anspect dans l' dos,
 Ah! ah! ah! cheerly, men!

C'est l' maîtr' commis du *Mexico*.
    Ah! ah! ah! cheerly, men!
Un voleur premier numéro,
    Ah! ah! ah! cheerly, men!
Qui dans notr' vin met trois quarts d'eau.
    Ah! ah! ah! cheerly, men!
Que l' grand diabl' leur arrach' la peau!
    Ah! ah! ah! cheerly, men!

Pour fair' la cour à nos maîtresses,
    Ah! ah! ah! cheerly, men!
Les mâts de hun' *sus leux* guind'resses,
    Ah! ah! ah! cheerly, men!
Pour les enn'mis, feu des deux bords!
    Ah! ah! ah! cheerly, men!
Pour ma vieill' mèr' tout' voil' dehors!
    Ah! ah! ah! cheerly, men!

―――――

L'orgue mêle ses chants pieux aux cris de joie
Des marins de retour dans le hameau natal.
Anna, Jeanne, accourez!... Que chacun les festoie
Yvon et Barbejean gaîment ouvrez le bal!

FIN.

NOTES EXPLICATIVES.

PREMIER ACTE.

Virer le câble. — A l'aide du cabestan ou du guindeau, remonter à bord le gros cordage ou le câble-chaine auquel l'ancre est fixée.

Déhaler. — Haler hors de, arracher.

Les feux de la Saint-Jean... — Le départ a lieu le 25 juin.

Le capitaine a permis à une partie de l'équipage de passer la nuit à terre, rare faveur à la veille d'un départ; mais les corsaires ont toujours eu la manche un peu large.

Rester en panne. — N'avancer ni ne reculer. — En panne, les voiles d'un navire sont disposées ou, techniquement, *orientées* de manière à se faire équilibre.

C'est coulé! — Familièrement, les marins se servent de cette expression facile à comprendre pour dire : N'en parlons plus !

Salé, le lard salé!... — « Salée, la viande salée!... Allez ! madame Salé!....» Tous ces refrains sont fort usités parmi les marins qui ont fréquenté les Antilles. Les nègres de la Mar-

tinique chantent vingt chansons sur l'air passablement mono-
tone de *madame Salé.*

Barbejean. — En Saintonge, on appelle ainsi la sous-
barbe, gros cordage destiné à soutenir et consolider le mât
de beaupré, c'est-à-dire le mât oblique de l'extrême avant.

Héler. — Appeler en criant et en articulant chaque mot
séparément pour se mieux faire entendre.

La toile largue. — Lâchée, pendante. — Au repos, les
voiles sont serrées ou roulées, les unes sur leurs *vergues,* les
autres sur certains cordages appelés *draitles;* avant de tendre une voile, il faut nécessairement la *larguer,* ensuite on
s'occupe des moyens de l'*établir* au vent.

Haut les voiles! — Ce commandement générique se tra-
duit de lui-même. Après avoir fixé les coins d'en bas d'une
voile, ce qu'on appelle le plus souvent *border,* il faut, la
plupart du temps, la tendre, en outre, dans le sens de la hau-
teur, en d'autres termes, la *hisser.*

Orienté au plus près du vent. — Chacun sait que l'art du
marin consiste à se servir du vent qui vente pour diriger son
navire; mais le vent qui vente est loin d'être toujours le bon,
et même trop souvent il est absolument contraire. Alors on
serre le vent, on *pince* le vent, on lui ouvre les voiles obli-
quement, en biseau, pour marcher vers lui le mieux que l'on
peut, pour approcher de sa direction *le plus près* possible.
Cette manière extrême d'*orienter* les voiles, ce *nec plus ul-
tra* des allures d'un navire, s'appelle fort naturellement,
comme l'on voit, *le plus près.*

Le *vent arrière* est le vent qui pousse droit vers le but,
qui frappe le bâtiment par derrière.

Cheerly, men ! — A moins d'alourdir le poëme, nous ne pouvions rien expliquer, rien définir. — Nous l'avions essayé pourtant, une seule fois, avant le chant de manœuvre dont le cri précédent est le refrain; mais, aux répétitions, nous avons senti la nécessité de supprimer les vers suivants comme trop didactiques.

> Entendez-vous au loin ces cris d'appareillage
> Que la brise de mer nous apporte au rivage?
> « Cheerly, men !... sans mollir !... Les cachalots, du cœur !...
> Cheerly, men ! La houra ! Pour la France, courage !... »
> Le chant improvisé par quelque beau diseur,
> Est suivi de houras que répètent en chœur

> Nos marins pour haler ensemble, avec méthode,
> Sans perdre un seul effort, coup sur coup, main sur main.
> Quant à leur *Cheerly, men!* le refrain à la mode,
> Il veut dire : « Gaîment, les hommes, de l'entrain! »

Le cri anglais *Cheerly, men !* a été emprunté, depuis dix ou douze ans au plus, par nos matelots aux marins des États-Unis. Il s'est propagé ensuite sur nos bâtiments de long cours, nos navires de guerre et notre littoral, où il a subi les plus étranges métamorphoses. On chante, par exemple, *chélimen! Célimène* ou *sel hymen, chérie mène*, etc..., etc... Sans attacher à ces mots plus de sens qu'à tous les *houras, la houra, hissâ-hô! hissoué! Charivari! boulinâ-ha*, et autres cris successivement usités, puis tombant en désuétude, puis redevenant en vogue.

Est-il nécessaire d'ajouter que tout cri analogue est interdit pendant le travail à bord des bâtiments de guerre, où les manœuvres de voilure s'exécutent au sifflet et les manœuvres de force au son du fifre? Mais, sur les navires marchands et même sur un corsaire, de tels refrains ont une incontestable utilité.

L'*ancre* est dite *hauté* lorsque, arrachée du fond à l'aide du cabestan ou du guindeau, comme on l'a déjà vu, elle se trouve hors de l'eau et suspendue au *bossoir*, forte pièce de bois destinée à la soutenir; on l'assujettit ensuite le long du navire jusqu'à ce qu'en doive la laisser tomber de nouveau.

DEUXIÈME ACTE.

Étrave. — Prolongement de la *quille*, qui est l'épine du dos du bâtiment, l'*étrave* se redresse à l'avant du navire; sur l'*étrave* est fixée cette pièce saillante qui, la première, fend les flots et porte le nom imagé de *taille-mer.*

De quart. — De service. La journée du marin est fractionnée en quarts, qui sont en principe de quatre heures chacun; mais la règle est sujette à une infinité d'exceptions.

COMMANDEMENTS.

PARTIE POÉTIQUE.

Bas le grand foc!... etc... — A moins de faire un cours de manœuvre fort mal à sa place dans ce livret, nous ne saurions traduire un à un, avec toutes les explications nécessaires pour leur intelligence absolue, les nombreux commandements qui, soit dans le poëme, soit dans la partie musicale correspondante, sont faits durant le *coup de vent*, ou, en termes vulgaires, la *tempête.* Bornons-nous donc à des à peu près.

Grand foc — perroquets — catacois — huniers — brigantins — voiles diverses.

En pantenne. — En désordre.

Amener. — Abaisser.

Arriver. — Céder au vent, par opposition à *loffer*, qui exprime l'idée de le serrer (voir plus haut la note) : *orienté au plus près.* — Toutes les fois que l'on va du *vent arrière* vers *le plus près du vent, on loffe.* — Toutes fois qu'on fait la manœuvre inverse, *on arrive.* — Le navire qui fuit devant le temps a dû nécessairement *arriver.* Arriver sous la misaine, c'est presque fuir sous la misaine.

Hale-bouline est un terme de mépris. Appliqué à des matelots, il équivaut au mot *pousse-caillou* appliqué à des fantassins.

Prendre le bas ris aux huniers. — Diminuer la surface des *huniers* au moyen d'une série d'opérations particulières et fort dangereuses pendant une tempête. — On prend un, deux ou plusieurs ris. *Prendre le bas ris* implique qu'il s'agit de les prendre tous.

Cambuse. — Emplacement affecté à la distribution journalière et à l'emmagasinement des vivres en consommation.

Amont et *aval.* — Haut et bas du courant dans une rivière, — et, par extension familière, haut et bas. —

Brûlard. — Barbarisme dont nous nous reconnaissons coupable. Nous avions d'abord écrit *grognard*, mais ce terme a paru trop militaire et trop peu marin, quoiqu'il y ait des *grognards* dans l'armée de mer, des grognards d'eau salée, non moins caractérisés que les grognards de terre ferme; mais le vrai peut quelquefois n'être pas d'une couleur vraisemblable. — *Flambart* paraissait être le mot consacré ; il y a en marine certaines barques de pêche qui s'appellent *flambart;* autrefois les feux follets de la mer, ou feux Saint-Elme, étaient, dit-on, appelés *flambarts.* Le mot *flambart,* signifiant matelot renforcé, est plus moderne. Il a été créé par M. Eugène Sue pour son roman la *Salamandre;* nous avons cru devoir respecter sa propriété, tout en imitant son exemple. Du reste. *brûlard,* qui rappelle *brûlot* et *brûle-gueule,* rend mieux, selon nous, l'idée de vieux grognard de mer. *Flambart,* par son analogie avec *flambant* (mot fort usité à bord), représenterait au contraire le marin élégant, coquet et recherché dans sa mise.

Gaillard. — Pont supérieur, — ou plutôt partie d'avant et partie d'arrière de ce pont, — d'où les termes gaillard d'avant et gaillard d'arrière.

Le *banc de quart* est une sorte de marchepied ou d'estrade à échelons, qui sert à exhausser l'officier de service ou le capitaine pendant les manœuvres ou le combat. Dans les bâtiments dont les murailles sont très-hautes, l'on est encaissé de telle sorte, que du pont l'on n'aperçoit point l'extérieur : le chef, qui dirige l'action du vaisseau, ne peut se passer de voir au dehors ; de là, l'usage du banc de quart.

Le banc de quart est le plus beau piédestal d'un grand homme de mer.

Le *timonnier* est l'homme placé à la roue qui fait mouvoir le *timon* du gouvernail. — Le mot timonnier a une acception plus étendue, qui rentre dans l'étude physiologique du personnel d'un vaisseau, étude que nous avons faite avec tous les détails désirables dans le quatrième volume de la *France maritime,* et que nous reproduirons tôt ou tard dans le *Tableau de la Mer,* ouvrage dont nous préparons les matériaux depuis plusieurs années.

COMMANDEMENTS.

PARTIE MUSICALE.

Tout commandement d'exécution est précédé d'un commandement d'avertissement, d'un *Garde à vous!* préparatoire qui doit mettre les matelots en mesure d'obéir immédiatement et avec ensemble dès que le commandement d'action sera fait.

Un règlement annexé au décret du 15 août 1851, détermine pour l'avenir la forme exacte de tous les commandements.

Le mot *range*, qui signifiait en marine *apprête-toi*, n'est point maintenu, et le pluriel est substitué au singulier, ce qui nous fera mentir dans ces vers extraits de notre poëme inédit le *Quart de nuit :*

Quand le bon Madurec tutoie au pluriel :
— « Mes agneaux, mes enfants, tu peux, tu vois... » le sel
De ce patois vous manque. 'A bord, un vieil usage
Supprime et sous-entend le terme d'équipage ;
Tous les commandements se font au singulier,
Et l'usage s'étend au style familier.

Le nouveau règlement veut que le commandemènt préparatoire soit formulé ainsi :

« *A* carguer (*telle* ou *telle voile*)! *à* border!... — *à* hisser!... » etc...

Le commandement d'action correspondant devient :

« Carguez ! » — « Bordez ! » — « Hissez ! » etc...

Dans notre poëme, nous ne nous sommes pas conformé à l'ordonnance nouvelle, et les divers commandements ont l'irrégularité de forme qui sera toujours dans les habitudes des corsaires et des navires marchands.

Ajoutons *pour les marins*, juges compétents et critiques sévères en fait de manœuvres, que la marche de la musique nous a forcé à supprimer un certain nombre de commandements auxquels il leur sera facile de suppléer.

———

Cantique de Notre-Dame de la Garde. — Les deux couplets cités sont exactement tels qu'on les chante sur le littoral.

———

Attrape à se divertir. — Dans notre étude de la langue et de la littérature maritimes, nous avons dit, à propos de l'expression fort obscure — « *Attrape à courir* » : C'est un idiotisme d'un usage perpétuel, provenant sans doute de la locution : « *Attrape* cette corde et *cours* en tirant dessus, *cours* avec ! » Par ellipse : « Attrape et cours ! » Et puis, par un changement de temps : — « Attrape à courir ! » Une fois ce trope consacré par l'habitude, *attraper à* est devenu synonyme de *commencer vivement à ;* l'on a dit : — « Attrape à travailler, attrape à danser, attrape à manger la soupe ! » et même enfin : « Attrape à se reposer, attrape à dormir ! »

———

Courir son bord, longeant la terre. — Poursuivre sa route en côtoyant.

Ouvrons l'œil ! — *Ouvre l'œil au bossoir !* — Les gens de veille placés en faction à l'avant du navire poussent le cri : *Ouvre l'œil au bossoir.* — Le terme *bossoir* a été défini précédemment, page 40.

Avaient appareillé leur frégate légère. — Appareiller

s'emploie très-bien activement ; l'étymologie l'indique : appareiller, *rendre* ou *choisir pareils*, accoupler.

Appareiller les rames fut évidemment, dans l'origine de la
navigation, la première des manœuvres de partance. *Appa-
reillage* signifia d'abord préparatifs, puis manœuvres de
départ, et enfin départ.

Appareiller des avirons, appareiller une chaloupe, un navire, une escadre, sont des locutions fort usitées

On dit absolument *appareiller* pour partir.

La chaloupe, le navire, l'escadre *appareille*.

Nous avons appareillé, c'est nous sommes partis.

TROISIÈME ACTE.

Monter le gouvernail. — C'est le remettre dans ses ferru-
res, sortes de gonds d'où on le retire, dans les chaloupes et
canots, dès que l'embarcation est au repos.

Bordez les avirons. — Mettez les rames sur le *bord* du
canot, pour être prêts à ramer.

Yoles. — Sortes d'embarcations légères.

Bitte et bosse ! — Exclamation empruntée à la manœuvre
des câbles et des ancres, et rendant énergiquement, en langage matelotesque, le sentiment d'un repos bien prémédité.

Sans déraper. — Sans arracher l'ancre du fond, rend
exactement la même idée.

Branle-bas, — branles-bas, — bas les *hamacs*, primitive-
ment appelés *branles*, — familièrement *remue-ménage*, par
allusion au remue-ménage biquotidien qui a nécessairement
lieu à bord lorsque les hamacs de l'équipage sont distribués,
pendus à leurs crochets, ou dépendus, ficelés et rapportés

tous à la fois dans les *bastingages*, sortes de longs coffres ou filets qui font le tour du pont supérieur.

Le *branle-bas de combat*, — belliqueux remue-ménage qui consiste à tout apprêter à bord pour combattre, commence inévitablement par un *branle-bas* de lever, si les hamacs sont pendus au moment où bat la générale.

Louvoyer. — Faire, en naviguant *au plus près du vent*, des zigzags dont le résultat est de gagner dans la direction même d'où il souffle. L'on appelle *virer de bord*, exécuter la série de manœuvres au moyen desquelles le navire qui louvoie pivote et change de direction.

Le bâtiment qui louvoie est comparable à une armée assiégeante qui s'avance à l'aide de parallèles et de tranchées contre la place ennemie.

Échouer est l'équivalent exact de *s'embourber*, et conséquemment n'implique pas l'idée de naufrage (navire brisé, *navis fracta*). Dans une foule de cas, on s'échoue volontairement ; — certains petits bâtiments côtiers s'échouent tous les soirs ; — dans les ports à marée, où les navires restent à sec lors de la marée basse, ils échouent chaque fois. Dans une foule d'autres cas, l'échouage, même accidentel, n'offre aucun danger ; mais trop souvent aussi le bâtiment échoué, battu par la mer, se brise et périt.

Cambusiers. — Surnuméraires non marins, bourgeois du bord, distributeurs employés au service de la cambuse. Leur chef, qui a rang de premier maître, porte le titre de commis aux vivres ou de *maître commis*.

Ne pas confondre ce personnage subalterne avec l'officier de comptabilité, commis d'administration du bord, vulgairement appelé *commissaire*, lequel fait partie de l'état-major.

« *A l'appel, les moutons!... Ralliez au loto!* » — Expressions familières et burlesques, fréquemment employées par les maîtres et contre-maîtres. On fait de nombreux appels à bord ; Barbejean, pour grouper son monde, crie : *A l'appel!* — Moutons, agneaux, caïmans, sont autant de termes très-usités dans le vocabulaire du gaillard d'avant.

Pour jouer au loto, jeu fort en vogue à bord des navires, il faut évidemment se réunir, se rassembler. Barbejean se répète en termes différents, mais également populaires.

La mer jolie. — Appliquée à la mer, l'épithète de *jolie*, tantôt ironique, tantôt élogieuse et décernée avec un élan enthousiaste, est essentiellement dans le langage du marin.

Le capitaine du Mexico. — Chanson en vogue depuis quelques années.

Barres d'anspect (prononcez *anspec*). — En marine, gros et forts leviers de bois, servant le plus généralement à manœuvrer les canons.

Mâts de hune. — Les mâts des grands navires ne sont pas d'une seule venue, comme il est facile de le voir sur le moindre dessin de navire. Il y a donc plusieurs étages à chaque mât, ou plutôt l'ensemble d'un mât se compose de plusieurs mâts partiels. Les plus gros de ceux-ci sont les bas mâts, qui servent de base à tout l'édifice de la mâture. Au dessus, viennent les *mâts de hune*, que prolongent les mâts de perroquet et les flèches.

Guinderesses. — Gros cordages qui servent spécialement à *guinder*, à hisser et mettre à leur place dans la mâture les mâts supérieurs. Les bas mâts seuls sont plantés à demeure.

Toutes voiles dehors, ou toutes voiles dessus. — Métaphoriquement, par tous les efforts possibles. Le matelot qui met toutes voiles dehors pour sa vieille mère entend exprimer que son dévouement filial est sans bornes. — *Mettre toutes*

voiles dehors signifie encore faire sa plus belle toilette. Un
conteur du gaillard d'avant voulant peindre une princesse en
grand costume de cérémonie, ne manque guère de dire :
« Elle avait *toutes voiles dessus* », ou par ellipse : « *Tout
dessus, ou tout dehors* ». — Être *prêt* à tout, être *paré* à
tout, sont des synonymes exacts. L'idée de parure et d'équipe-
ment s'associe continuellement à l'idée de péril, de dévouement et de sacrifice. Sous l'ancien régime, avant de li-
vrer un combat naval, l'on ne manquait point de se mettre
en grande tenue. Le capitaine de vaisseau s'habillait en costume de cour, se faisait raser et poudrer, changeait de man-
chettes, et se chaussait à talons rouges. Il était ensuite *paré*
à combattre, il avait mis son plus brillant uniforme ; il avait
tout dehors !

FIN DES NOTES EXPLICATIVES.

TABLE

—

ROMANS EN LOCATION DANS LES CABINETS DE LECTURE.

EN PRÉPARATION :

PARIS. — TYP. SIMON RAÇON ET Ce, RUE D'ERFURTH, 1.

www.ingramcontent.com/pod-product-compliance
Ingram Content Group UK Ltd.
Pitfield, Milton Keynes, MK11 3LW, UK
UKHW020959120726
13693UKWH00004B/1741